JN136807

ティンガティンガ・アートでたのしむアフリカのむかしばなし

1 なぜなぜばなし

どうぶつ村の井戸

しまおかゆみこ 編・再話／ヤフィドゥ 絵

かもがわ出版

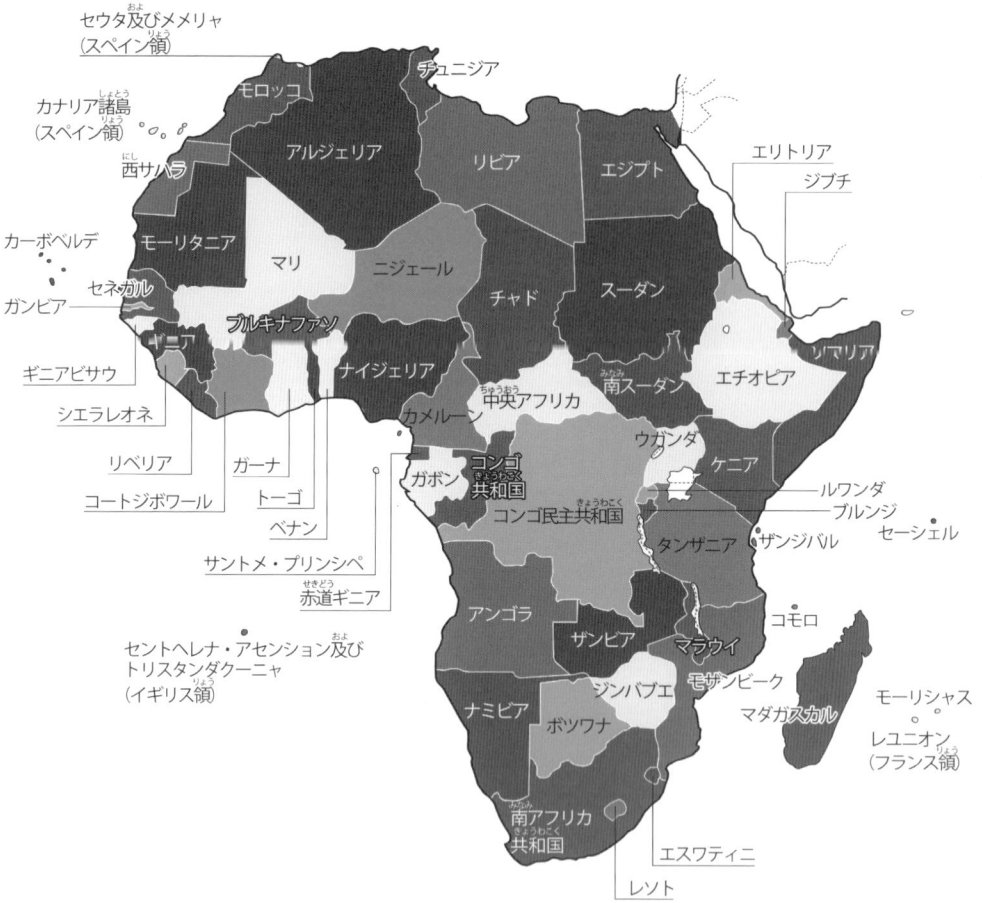
セウタ及びメメリャ
(スペイン領)
チュニジア
モロッコ
カナリア諸島
(スペイン領)
アルジェリア
リビア
エジプト
エリトリア
ジブチ
西サハラ
カーボベルデ
モーリタニア
マリ
ニジェール
チャド
スーダン
セネガル
ガンビア
ブルキナファソ
ソマリア
ギニアビサウ
ナイジェリア
南スーダン
エチオピア
シエラレオネ
中央アフリカ
カメルーン
ウガンダ
リベリア
ガーナ
ケニア
ガボン
コンゴ共和国
ルワンダ
コートジボワール
トーゴ
コンゴ民主共和国
ブルンジ
ベナン
セーシェル
タンザニア
ザンジバル
サントメ・プリンシペ
赤道ギニア
アンゴラ
コモロ
ザンビア
マラウイ
セントヘレナ・アセンション及び
トリスタンダクーニャ
(イギリス領)
ジンバブエ
モザンビーク
モーリシャス
ナミビア
マダガスカル
ボツワナ
レユニオン
(フランス領)
南アフリカ共和国
エスワティニ
レソト

アフリカ大陸の地図

もくじ

ハイエナとカラス　ケニアのおはなし　5
ルウェンゾリ山の火とナイル川のカバ　ウガンダのおはなし　27
どうぶつ村の井戸　タンザニアのおはなし　53
なぜなぜばなし　解説　84

◉ティンガティンガ・アートしは◉

1968年に、タンザニアの
エドワード・サイディ・ティンガティンガさんが
はじめた、絵のかきかた。
6色のペンキを　つかって、
したがきを　しないで、
タンザニアの　しぜんや　どうぶつ、
人びとの　せいかつなどを、
のびのびと　えがくのが　とくちょうです。

ハイエナとカラス

ケニアのおはなし

ハポ　ザマニザカレ（むかしむかし、あるところに）
ハイエナがおりました。
ハイエナは、ライオンよりずっと強くて、いつだって
えものをつかまえて、たらふく食うことができました。
でも、ハイエナは、空をとべるカラスを　うらやまし
がっていました。

ある日、ハイエナが、
空をとんでいるカラスにむかって　いいました。
「ジャンボ！（こんにちは！）

ハバリ　ヤコ？（元気かい？）」

カラスは、強いハイエナが　あいさつしてくれたのが

うれしくて、わざわざじめんにおりて、きげんよく
こたえました。
「ムズリ　サーナ（とっても元気ですよ）」

そのときです。
ハイエナは、くるりと後ろをむくと、三日がまんして
いたクソを　どばどばっと　カラスに　かけたのです。
カラスの　はねは、どろどろ　ねばねば　クソまみれ。
目も耳もはなも、どろどろ　ねばねば　クソまみれ。

YAPHIDU

カラスはおこって、ハイエナを　どなりつけようとしたのですが、くちばしが　クソで　ふさがれて声になりません。

それを見てハイエナは、

「クケクケ　ケケケ、ファファファファファファー
キャホキャホ　ケケケ、ファファファファファファー」

と、わらいころげました。

カラスが　クソにまみれて　くるしがっていると、めぐみの雨が、ポツポツ、ポツポツ、ザザーッと

ふってきました。

そうです。ケニアに雨のきせつが　きたのです。

カラスは、雨のおかげで、クソにまみれた顔をあらい、体をあらって、やっと元気になりました。

ハイエナは、それを見てもまだ、「クケクケ　ケケケ」と、わらっていました。

「いまに　見ていろ」

カラスは　そうつぶやくと、空にむかって　とんでいきました。

それからずいぶんたった　ある日、ハイエナの頭に、
どうぶつのほねが　こつんと　あたりました。
ハイエナにとっては、ほねだって　ごちそうです。
大よろこびで　バキバキかみくだき、ほねのずいまで
しゃぶりました。

するとまた、ハイエナの頭に、ほねが　こつんと
あたりました。
ハイエナは　大よろこびで、バキバキかみくだき、
ほねのずいまで　しゃぶりました。

YARHIPH

ほねをぜんぶ食いおわると、このほねが　どこから
きたのか　しりたくなって、上を見ました。
そこには、カラスが　とんでいました。
ハイエナは、カラスに　クソをぶっかけたことなど、
すっかりわすれて　いいました。
「ジャンボ！（こんにちは！）
ハバリ　ヤコ？（元気かい？）」
カラスは　こたえました。
「ムズリ　サーナ（とっても元気ですよ）」

ハイエナが、聞きました。

「このほねをくれたのは、きみだったのかい？」

「ああ、そうですよ。うまかったですか？」

と、カラスは　こたえました。

「ああ、とってもうまかったよ。ところで、このほねはどこで見つけたの？」

と、ハイエナがきくと、カラスは、

「あの白い雲の上です。あそこにいけば、いくらだってごちそうが　あるんですよ」

と、いいました。

ハイエナは、白い雲を見上げ、よだれを　だらだら
たらしながら、いいました。
「カラスくん、ぼくを雲の上に　つれていっておくれよ」

カラスは　こたえました。
「ハイエナさんには、羽がないから　むりですよ」
「じゃあ、きみのおっぽに　つかまっていくから、
つれていっておくれ」

YAPHIDU

「しかたがないなあ。じゃあ、しっかり　つかまっていてくださいよ」

ハイエナは、よろこんで、カラスのおっぽにつかまりました。

「じゃあ、いきますよ」

カラスがとぶと、ハイエナの体(からだ)が　ふわりと　うきました。

でも、カラスは、雲のほうに　いかないで、
ハイエナの家に　むかいました。そして、
「ハイエナさん、どうせなら、かぞくもみんな　つれて
いってあげますよ」
と、いったので、ハイエナは、
「カラスくん、きみは　なんて　やさしいんだろう。
かぞくみんなで、白い雲の上にいって、おもいっきり
ごちそうを食えるなんて、ゆめみたいだ！」
と、いいました。

ハイエナの家(いえ)につくと、
カラスのおっぽに　ハイエナが、
そのしっぽに　おくさんハイエナが、
おくさんハイエナのしっぽに　こどもハイエナが、
こどもハイエナのしっぽに　ばあちゃんハイエナが、
ばあちゃんハイエナのしっぽに　あかちゃんハイエナも
つかまって、あとは　じいちゃんハイエナだけになった
ので、みんなで、
「じいちゃん、いっしょに雲(くも)の上(うえ)にいこうよ」
と、よびました。

YAPHIDU

でも、わかいころ、ワニにかまれて、後ろ足がみじかくなってしまった　じいちゃんハイエナは、

「わしは　もう年だから　いかないよ。おまえたちだけで　いっておいで」

と、見おくりました。

カラスのおっぽに　つかまった　ハイエナと、それぞれのしっぽに　つかまった　かぞくたちはみんなで空をとんでいきました。

そして、白(しろ)い大(おお)きな雲(くも)のそばまできた、そのときです。
カラスのおっぽが　ぷちんとちぎれて、ハイエナと
かぞくたちは、「グアァーアァ、ファファファファー」
と、さけびながらおっこちて、みんなみんな、しんで
しまいました。

家(いえ)で　るすばんをしていた　じいちゃんハイエナは、
しかたないので、また　あたらしく　かぞくを
つくりなおしました。

そのときから、ハイエナは、
じいちゃんハイエナと同(おな)じように、
後(うし)ろ足(あし)がみじかくなって、
ライオンの　おこぼれを食(く)いながら
生(い)きるようになったのです。

ケニアのはなしは、これで、おしまい。

ルウェンゾリ山の火と ナイル川のカバ

ウガンダのおはなし

ザマニザカレ（むかしむかし）、
火（ひ）とカバがおりました。
火（ひ）は　ルウェンゾリ山（さん）のてっぺんに　すんでいて、
ぼうぼうもえていました。

カバは　ナイル川にすんでいて、
体じゅうに　ふさふさの毛が
はえていました。

ふたりは、大のなかよしだった
ので、遠くはなれて　くらして
いても、毎日会って、たくさん
おしゃべりをして、
たのしくすごしていました。

カバは、毎日　山をのぼって　火に会いにいき、
日がくれるころには、山をおりて、家に帰りました。

そのようすを見たウサギが、ある日、カバに
いいました。
「友だちなんていっているけれど、
火は、カバくんの家に　きたことがないじゃないか。
友だちなら、おたがいの家に　いくべきだろ。
カバくんがおもっているほど、火はきみのことなんか
友だちとはおもってないのさ」

カバが、

「そんなことないよ。ぼくと火(ひ)は　友(とも)だちだよ」

と、いうと、ウサギは、

「そんなにいうなら、こんど、火を家にさそってみなよ」
と、いいました。

次の日、カバは、いつものように　ルウェンゾリ山を
のぼって　火に会って、たくさんおしゃべりすると、
帰るときにいいました。
「ねえ、あしたは　ぼくの家においでよ」
火は、かなしそうにいいました。
「おまねきありがとう。でも、ぼくは、
この山の上に　いなくちゃいけないんだよ。ごめんね」

YAPHINU

カバが、

「そうか、それならいいや。じゃあ、あしたも、ぼくが会いにくるよ」

と、いったので、火は　ほっとした顔でいいました。

「うん、あしたもまってるよ」

カバが家に帰ると、ウサギがやってきて　いいました。

「どうだった？」

カバが、火はこないことをいうと、ウサギは、

「やっぱり、火は、きみのことなんか、友だちとは

おもってないんだよ」と、いいました。

カバは、

「そんなことないさ、ぼくと火は、友だちだよ」

と、いったものの、ウサギにいわれて、ちょっぴり

じしんがなくなってしまいました。

ウサギは、

「それなら、次は、家にこないなら　きみは　ぼくの

友だちじゃないよって　いってみなよ。

そうすれば、ほんとうの友だちかどうか　わかるだろ」

と、いいました。

その次の日、カバは、いつものように
ルウェンゾリ山をのぼって　火に会って、ひとしきり
おしゃべりすると、帰るときに　いいました。
「ねえ、あしたは、きみが　ぼくの家に　おいでよ」
山の上の火は、かなしそうに　いいました。
「おまねきありがとう。でも、ぼくは、この山の上に
いなくちゃいけないんだよ。ごめんね」

YAPHIDU

カバは、

「いつだって　ぼくが山の上まで会いにきているんだよ。いちどくらい　きてくれたっていいじゃないか。あしたぼくの家にこなければ、もう友だちじゃいられないよ」と、いったので、火は、とてもこまった顔をしました。

そして、しばらく考えてから、こういいました。

「ぼくにとって、たったひとりの友だちをなくすのはいやだ。わかったよ。

あしたは、カバくんの家にいくよ」

カバはそれを聞いて、とてもよろこんで、山をおりていきました。

あくる日、カバは、山の上まで火をむかえにいき、

「さあ、今日は、ぼくの家にいこうね」

と、いって　すぐに山をおりはじめました。

そして、火も、カバの後ろについて、山をおりていきました。

カバは、火が家にきてくれるので、うれしくてたまりません。

YAPHDLL

火も、生まれてはじめて、友だちの家にあそびにいくので、うれしくてたまりません。

いつもよりも、ほのおをあげながら、カバの後ろについていきました。

火が山をおりていくと、火があるいた道が　ぼうぼうもえて、山かじが　おきました。

そんなこととは　しらないカバは、火を家にまねき入れました。

「ここがぼくの家だよ。さあさあ、入って入って」

YAPHIDLI

そして、カバは　家の中にいる　かぞくに　こえを
かけました。

「父さん、母さん、みんな、
ルウェンゾリ山の火が　あそびにきてくれたよ」
　カバのかぞくは　みんな出てきて、
「カリブ！（ようこそ！）」
と、いいました。
　火は、かんげいされたことが　うれしくて、
「アサンテ・サーナ（ありがとうございます）」
と、いいながら、カバの家に入った、そのときです。

カバの家は、ぼうぼうもえだして、かじになって
しまいました。

カバたちの　ふさふさの毛にも　火が　もえうつって、
体じゅうに　はえていた毛が　一本のこらず　やけて
しまいました。

カバも、カバのかぞくも大やけど。
「あつい、あつい、いたい、いたい！
ブホブホホー！」

YAPHDO

カバたちは、なきながら、ナイル川にとびこみました。

火(ひ)は、山(やま)かじを　おこしたうえに、友(とも)だちや
かぞくに　大(おお)やけどを　おわせてしまった　かなしさで、
「オロロンホー、　オロロンホー」
と、なきました。
「オロロンホー、　オロロンホー」

火(ひ)は、ないて　ないて　ないて、とうとうなみだで
かじをけし、じぶんもきえて　なくなってしまいました。

YAPHIDU

カバは、ウサギのいうことなんか　きかなければ、
火(ひ)とずっと　なかよしでいられたのにと、かなしくて、
くやしくて、ブオブオブオブオなきました。
なくと、なみだが　やけどにしみて、いたくて、
いたくて、また　ブオブオブオブオなきました。

そのやけどが　もとで、
カバは　いまでも体(からだ)が　つるっつる。

そのうえ、いまでもカバは、体が　かわくと、まだ
やけどのあとがいたむので、水の中に入って、はだを
いたわって　いるのです。

ウガンダのはなしは、
これで、おしまい。

YAPHIDA

どうぶつ村の井戸

タンザニアのおはなし

これは、アフリカの　タンザニアという国の
むかしばなしです。
　タンザニアのむかしばなしは、
「パウカー（はじめるよ）」、
「パカワー（はーい）」で　はじまり、
「今日のはなしは、これで　おしまい。
ほしけりゃ　もってきな。
いらなきゃ　海にすてとくれ」
で　おわります。
　さあ、それでは、今日のおはなしを　はじめましょう。
「パウカー」「パカワー」

井戸をほろう

ハポ　ザマニザカレ（むかしむかし、あるところに）、どうぶつが　たくさん　くらしておりました。

そのころのウサギは、ふさふさした　とびっきりすてきなしっぽを　もっていて、それが　じまんのたねでした。

ある日、どうぶつたちが　あつまって、村を作って いっしょにくらそうと、はなしあいました。

YAPHDU

サイが、
「村を作るのはいいけれど、水がないと
みんないっしょには　くらせないよ」
と、いいました。

キリンが、
「じゃあ、みんなで　井戸をほろう」
と、いうと、みんな、
「いいよ」
と、いいました。

次の日の朝、どうぶつたちは、さそいあって
井戸ほりに　でかけました。
「おサルちゃん、いっしょに　いこう」
「キリンくん、いっしょに　いこう」

さいごに、みんなで　ウサギの家にいきましたが、
ウサギは、
「今日は　おなかがいたいから、いかないよ」
と、いって、いきませんでした。

YAPHIDU

YAPHIDU

どうぶつたちは、しかたがないので、
じぶんたちだけで、井戸をほりはじめました。

えっさ、ほいさ、
えっさ、ほいさ、
出てこい、出てこい、
水、水、水♪

三日ほっても、十日ほっても、水は出てきません。
でも、どうぶつたちは　あきらめないで、

YAPHIDU

はげましあって　井戸ほりをつづけました。

えっさ、ほいさ、
えっさ、ほいさ、
出てこい、出てこい、
水、水、水♪

それなのに、ウサギは、毎日、
「あたまがいたいから、いかないよ」
「はがいたいから、いかないよ」

などと、いって、とうとう　いちども井戸ほりをしませんでした。

三しゅうかんかかって、やっと　水が出てきました。

どうぶつたちは、大よろこび。

この井戸があれば、村を作って、みんなですむことができるのです。

その日は、水のめぐみに　かんしゃして、みんなでうたって　おどりました。

YAPHIDU

水どろぼうを　さがせ

ところで、いちども　井戸ほりをしなかったウサギは、「村の井戸をつかうな」と　いわれていたのですが、夜にこっそり井戸にいって、水をぬすんでいるようです。

そこで、どうぶつ村で　一番強いライオンが、井戸のみはりを　することになりました。

夜になると、ウサギが、じまんのしっぽを　ゆさゆさゆらしながらやってきて、ひょうたんに　たっぷり

水(みず)をくみました。

ライオンは、そこをみはからって、とびかかり、ウサギを　ガシッとつかまえました。

ウサギは、大きなしっぽを　ぷるぷるふるわせ、うそなきをしながら　いいました。

「ライオンさん、おねがいです、たすけてください」

でも、ライオンは、

「だめだ、だめだ。水どろぼうを　ゆるすわけには　いかない」

と、いいました。

YAPHIDU

すると、ウサギは、
「水どろぼうは、ほかにもいるから、そいつも
つかまえてくださいよ」
と、いいました。
ライオンは、それを聞くと、
「そんなはずはない。おれはずっと　井戸をみはって
いたんだ」
と、いったので、ウサギは、
「それなら、井戸をのぞいて　ごらんなさいな」
と、いいました。

ライオンが　井戸をのぞいてみると、　そこには、
大きな顔の、おそろしく強そうな　どうぶつがいました。
ライオンが、「ガオーッ」と、ほえると、井戸の中の
どうぶつも、きばをむいて　にらみつけてきます。
ライオンは、生まれてはじめて　こいつは強そうだと
おもいました。
ウサギはライオンに、こうささやきました。
「いくらほえたって　だめですよ。
さっき　ぼくをつかまえたように、とびかかって
いかなくっちゃ」

YAPHIDU

ライオンは、

「モジャ、ビリ、タトゥー！（いち、にの、さーん！）」

で、井戸の中の水どろぼうに　とびかかっていきました。

でも、それは、水にうつった　ライオンです。

バッシャーン！　ガボガボ、ガボボボッ

ライオンは、そのままおぼれてしまいました。

YAPHIDES

ウサギはそれを見ると、大いそぎで村にいって、
大きなしっぽを　ぐわんぐわんゆさぶりながら
さけびました。
「たいへんだ、たいへんだ。
ライオンくんが、井戸におちて　しんじまったよ」
でも、空から見ていた鳥たちがいいました。
「みんな　だまされちゃ、だめ。
ライオンは、ウサギに　だまされて　おぼれたの。
井戸ほりだって　しなかった　ウサギのことばを
しんじてはだめ」

どうぶつたちは、
それを聞くと、
みんなで、
ウサギを
おいかけました。

ウサギは、ぴょんぴょんぴょーんと　とびはねながら、サバンナまでにげると、小さな　あなを見つけて、中にすぽんと　かくれました。

ちぎれたしっぽ

めすライオンが、だれよりも　はやく　かけつけて、外に　はみ出していた　ウサギの　りっぱなしっぽを見つけました。

＊サバンナ……熱帯地方のかわいた草原。ここは雨がふるきせつと日照りのきせつがはっきりわかれている。

「井戸もほらなきゃ　水もぬすむ、そのうえ、なかまをだまして井戸におとした、わるいウサギめ、こんどこそにがさないよ！」

と、いうと、がぶりと　しっぽにかみついて、ひっぱりました。

ウサギは、あなの　おくへ　おくへ　もぐります。

めすライオンは、上へ上へ　ひっぱります。

「ん〜、むむむ

ん〜、むむむ

ん〜、ん〜、むむむ、むむむ……」

ブッチンッ！

大きな音がして、とうとうウサギのじまんのしっぽがちぎれてしまいました。

めすライオンは、ふさふさの　ウサギのしっぽをくわえて、村に帰っていきました。

いのちは　たすかったものの、ウサギは　もう　村に帰ることはできません。

そのうえ、ごじまんだった　ふさふさのしっぽが
ちぎれて、おんちょろりんとしか　のこっていません。
ウサギは　じぶんのしっぽを見(み)て、
「キェーキェー、ブブッブブッ」
と、なきました。

そして、なきやんでからも、ずいぶん長(なが)いあいだ、
しょんぼり　ぽつりと　サバンナに立(た)っていました。

YAPHIDU

ウサギのしっぽがみじかいのは、むかしむかしに、
こんなことが　あったからなのです。

今日（きょう）のはなしは、これで　おしまい。
ほしけりゃ　もってきな。
いらなきゃ　海（うみ）にすてとくれ。

なぜなぜばなし　解説

島岡由美子

アフリカのむかしばなしといっても、アフリカ大陸はとても広くて、五十以上の国があります。この本で紹介しているのは、ケニア、ウガンダ、タンザニアのおはなしです。

◉ハイエナとカラス（ケニアのおはなし）◉

ケニアのキクユ民のムソンギさんに教えてもらったこのおはなしは、始まってそうそう、ハイエナがいきなりカラスにクソをぶっかけるというシーンが出てきたので、びっくりしました。なんでも、ケニアに伝わるおはなしでは、ハイエナが主人公のはなしがわりと多いのだそうです。世界にはいろいろなおはなしがあるものですね。

ヤフィドゥさんは、空を飛ぶハイエナの姿を楽しそうに描いていました。

◉ルウェンゾリ山の火とナイル川のカバ（ウガンダのおはなし）◉

これは、ウガンダ人のムズナさんから聞いたはなしで、火が住んでいたルウェンゾリ山は、アフリカで三番目に高い山（最高峰はキリマンジャロ山）。ちなみに、現在のルウェンゾリ山頂には、火ではなく、万年雪があるそうです。

このおはなしには、カバに入れ知恵するウサギが出てきます。アフリカの民話にはウサギはとんちもの、頭はいいけどずるがしこい「トリックスター」として登場することが多いです。ウサギのいうことを聞かなければ、火もカバも仲良しのままでいられたのに、と、かわいそうになりますが、現実の生活のなかでも判断をまちがえると、大きな失敗や事故につながりがち。むかしばなしは、大げさに思えるかもしれませんが、実は身近にもおこりがちなことが語られているものです。

ヤフィドゥさんが描いた、毛がふさふさのカバさんには笑いました。

◉どうぶつ村の井戸（タンザニアのおはなし）◉

タンザニアのおはなしの多くは、始まりと終わりに決まり文句がありますが、日本のむかしばなしでも、「ざっと昔あったと」などの初めの文句や、「とっぴんぱらりのぷう」（秋田）、「とーびんと」（山形）など終わりの文句があるのと同じですね。

ところで、アフリカの多くの国での深刻な問題のひとつが水不足。いまでも多くの人たちが、毎日水を求めて苦労しており、そこは水がふんだんにある日本とは大きくちがいます。私が住んでいるザンジバルでも、日常的に水不足なので、ご近所さんとのあいさつには必ず、「水の出はどう？」「今日は水がくめた？」という会話が出てきます。

このように、水が生活と強く結びついているため、アフリカには、「水をめぐる争い」「井戸ほり」「水どろぼう」というように、水をテーマとするおはなしが多いです。ヤフィドゥさんも、家からはなれた井戸に水をくみにいく苦労を知っているせいか、さし絵がほかのおはなしよりもぐっとリアルになっていました。

YAPHIDU

《編・再話》
しまおかゆみこ（島岡由美子）
名古屋生まれ。1987年より夫島岡強と共にアフリカに渡り、タンザニアのザンジバルで、人々の自立につながる事業や、スポーツや文化の交流活動を続けている。アフリカ各地に伝わる民話の聞き取り、再話がライフワーク。主な著書に『アフリカから、あなたに伝えたいこと』『どうぶつたちのじどうしゃレース』『アフリカに咲く 熱帯の花、笑顔の花――ワイルドフラワー120』など。https://africafe.jp

《絵》
ヤフィドゥ（Yafidu Ally Makaka）
1976年生まれ。タンザニアのトゥンドゥール地方、ナカパニャ村出身。叔父チャリンダの影響で絵を描きはじめる。夢の中に出てきた動物たちを描いたのがきっかけで、いまの作風が生まれた。『アフリカの民話集　しあわせのなる木』（未來社）で挿絵を担当。

＊地図作成＊川口圭希（バラカ）
＊協力＊上田律子（ひまわりおはなし会代表）／矢田真由美／下里美香
＊ブックデザイン＊土屋みずほ　＊編集＊天野みか

ティンガティンガ・アートでたのしむアフリカのむかしばなし
1　なぜなぜばなし　どうぶつ村（むら）の井戸（いど）
2025年1月14日　初版第1刷発行

編・再話　しまおかゆみこ／絵　ヤフィドゥ
発 行 者　田村太郎
発 行 所　株式会社 かもがわ出版
〒602-8119　京都市上京区堀川通出水西入
TEL 075-432-2868　FAX 075-432-2869
振替　01010-5-12436 ／ https://www.kamogawa.co.jp
印 刷 所　シナノ書籍印刷株式会社
ISBN978-4-7803-1354-3　C8098　NDC388・994　Printed in Japan　［堅牢製本］